多雪的春天

姚志彬 著

广东省出版集团
花城出版社
中国·广州

图书在版编目（ＣＩＰ）数据

多雪的春天 / 姚志彬著. -- 广州：花城出版社，2012.2（2012.6 重印）

ISBN 978-7-5360-6406-5

Ⅰ．①多… Ⅱ．①姚… Ⅲ．①诗集－中国－当代 Ⅳ．①I227

中国版本图书馆CIP数据核字(2012)第015492号

出 版 人：詹秀敏
责任编辑：余红梅
技术编辑：薛伟民　凌春梅
内文摄影：姚志彬
装帧设计：朱复融

出版发行　花城出版社
　　　　　（广州市环市东路水荫路 11 号）
经　　销　全国新华书店
印　　刷　佛山市浩文彩色印刷有限公司
　　　　　（广东省佛山市南海区狮山科技工业园 A 区）
开　　本　889 毫米×1194 毫米　32 开
印　　张　5.5
字　　数　150,000 字
版　　次　2012 年 2 月第 1 版　2012 年 6 月第 3 次印刷
印　　数　17,001 - 27,000 册
定　　价　38.00 元

如发现印装质量问题，请直接与印刷厂联系调换。
购书热线：020－37604658　37602954
欢迎登陆花城出版社网站：http://www.fcph.com.cn

目录

1

4

序

陈　竺

志彬与我同庚。

我们同是 1953 年生，同是出生于医学世家，且有着近乎相同的人生轨迹。都经历了 60 年代"文革"大串联、上山下乡、70 年代被推荐上学，80 年代考研读研，随后出国深造。回国后又都是进入大学工作、教书、做学问，并逐渐在各自专业上有了些许成就。上世纪末，我们分别踌躇徘徊着以学者身份转岗行政管理，现又同在卫生行政部门工作。这些都让我们有了更多的理解、默契，更多的彼此打量和欣赏。

去年，志彬出版诗集《黄梅雨》，并赠我一册。浓浓的墨香和细腻的笔触，不经意地流露出厚重的文学积淀、充沛的意兴情感。自序中志彬谈及王国维先生关于做学问的三个境界，并对自己由于从政，因而无望进入灯火阑珊的科学殿堂而无限唏嘘，使我不禁心生感慨和惋惜。

《黄梅雨》记录了一个学者型官员的内心世界，及其寻求生命、生活的真谛和意义的轨迹。用风絮闲愁的笔调，颂扬美景、抒发情怀、吟咏性情、表达志趣，让我如临其境，感触良多。

最近，志彬的又一本诗集《多雪的春天》即将付梓，邀我作序。与《黄梅雨》一样，诗集继续着墨于人的心灵和人文修养，关注自然、社会与人生。全球气候变暖、生态环境恶化、贫富差距拉大已经成为当前人类发展面临的严峻挑战。志彬的诗表达了对这些问题的焦虑和超越，他从雪的意象出发，对曾经的追忆，对现今的思考，以诗思讲述一个又一个娓娓的故事，描绘一幅又一幅惊心或动人的场景，提醒人们在不由自主跟随时代跃进的道路上，自觉地放慢速度，不时地停下脚步、回望、反思，重新看待当前的工作、学习和生活。

既有对儿时雪景的怀念，又有对晚年雪景的遥想："一场大雪压下来，埋葬了所有的污染、纷争和喝彩，讲述着一个纯洁的故事，带我们回到儿时记忆的雪白世界。……让我们搬出所有的容器收藏吧，将雪深埋在地下，一百年后与女儿红一起挖出，到苏富比、嘉士德拍卖"（《大雪：2010》）。

以人文和专业的双重眼光，观察自然现象："接种过疫苗的桃花，开得分外灿烂……花枝扭过腰身，举着葡萄酒杯向我招手，邀我们去对岸共饮，且慢，这酒里有达菲么"（《桃花开了》）；由于环境意识的觉醒，对当下生态恶化发出深深的忧虑："问何物令公忧愁，我见山河多憔悴，料山河，见我也伤心，山磨难、我沉吟。"（《贺新郎·夜读》）"踏遍青山绿水，我在诗里怀念狼……怀念奔跑和贪婪，寻找尖叫和欲望"（《怀念狼》）；在心灵的深处，追思那环境美好的春梦良宵："我一转身，三月过去了，多情的雨水把四月浸泡。"（《春梦良宵》）

阅读这些诗句不仅让我们在生命的漫游中，体验生命的丰富、多彩和复杂，也让我们在与自然和环境的交往中产生心灵的触动、追求和意蕴。

这些年，我和志彬都一直忙于卫生行政管理和推进医药卫生体制改革工作。医改是一项世界性难题，历史性地落在我们这一代人的肩上，我们既庆幸能在历史的变革中担当重任，又深感推进改革的艰难。医改情况复杂，牵涉众多，一步一规务必思虑周详、慎之又慎。无疑，较之硬件建设和制度设计，人的因素更为重要。由于医学是一门关于人的学问，涵盖了生物学、心理学、社会学等多方面的内容，医务工作者既要精于业务，也要具备良好的人文素养。因而，我们鼓励和倡导所有医界同仁在精益勤勉于业务的同时，要更多地阅读和思考，更多地涉猎文学、美学、音乐和绘画，以至哲学和伦理学等，敬畏生命、赞美生命，了解技术对于生命的局限性，了解医学技术的边界在哪里，体验医学人文的普世性和生命伦理的世俗性，从而培养高尚的道德情操，培育整个卫生行业的人文环境，实现精神家园的重塑和仁心仁术的回归，实现医患关系的和谐，促进卫生事业和社会发展的共同进步。

今我来思、雨雪霏霏。

据记载，1953 年的春天，天气异常寒冷，降大雪，农作物受灾、粮食减产严重、大饥荒。次年，长江流域、淮河流域遭遇百年一遇特大洪灾，长江大堤多处溃决，江淮一片泽国，鄂豫皖苏灾情严重……

也许我们这一代人命中注定，要身逢这个大雪纷飞、洪水奔流、风云激荡的时代。

谨为之序。

2011 年 8 月 23 日

自　序

二十一世纪的头一个十年行将结束了。

这是 2010 年 3 月的暮春时节，柳瘦春寒，雨雪纷飞。

接连经历了十几个暖冬，正当人们为气候变暖，减少排放，忧心重重，争吵不休的时候，今年入春以来，天气一反往常，接连着下了好几场大雪。

清晨，推开旅馆的窗户，北京街道上、马路上许多扫雪的人们，大家在忙着给公交车扫路，突显出现代交通的尴尬和困境。

打开电视，新闻里充满了风雪的消息，东北大雪、西北暴雪、华北降雪、华东降雪……看着漫天飞舞的雪花，不知什么原因，我平时喜欢吟诵的"白雪却嫌春色晚，故穿庭树作飞花"的景象并没有出现，浮现脑海的却是"昔我往矣，杨柳依依，今我来思，雨雪霏霏"的意境。

说实话在广州生活了几十年，对雪的情感经历了一个逐渐淡薄而又不断深邃的过程。上世纪八九十年代，我在大学里读研和工作，不知是因为广州不下雪，接触机会少，还是因为沉潜于书斋，顾不及自然物候的原故，对雪的感觉有些淡远了。近十余年，我离开了大学，更多地接触社会和自然。加之随着年龄的增长，我对雪的情感愈益浓烈起来，童年时打雪仗、堆雪人的场景，时时浮现眼前。我想这除了怀旧的缘故，也与我冬季常到北京出差有关，每次总会有人问我北京下雪了没有，而我也总希望在北京遇上下雪。但实际上，这种机遇很少，即使下雪，也是不成气候的小雪，地面都未能覆盖，我所期待的千里雪花，漫天飞舞的场景，总是没有出现。我对雪的情感愈益浓烈的另一个原因，是近年来，科学界、知识界以及国际社会，对气候变化的强烈关注。

气候逐渐变暖，雪山消融、冰川融化，海平面的上升，已成为不争的事实。人类为了地球的未来，为了人类自身的未来，正积极行动起来。国际组织、民间团体、各国政府都积极参与，京都议定书、巴厘岛路线图和哥本哈根世界气候大会等等，不一而足。然而，这些努力的成效似乎也不很理想。比如哥本哈根世界气候大会上，连一个各方都接受的减排方案都未能达成，尽管出席会议的各大国首脑很多，看来这些政治家们还需要有更为卓越的远见，还需要有更广阔的超越国家利益的胸怀。

记得元月三号，北京下了今年的第一场春雪，正赶上在北京出差，喜出望外。雪下得很大，是我憧憬的一场唯美的雪。办完公务，第二天一早，搭一辆的士到慕田峪长城，眼前是银装素裹的世界，崇山峻岭，白茫茫一片，整个银白的世界仿佛一首大气而豪放的古典诗词：千里冰封，万里雪飘。望长城内外，惟余莽莽，大河上下，顿失滔滔，山舞银蛇，原驰蜡象……须晴日，看红妆素裹，分外妖娆。我的心灵一下子澄澈净明，没有了世俗的羁绊和红尘的烦恼。

是啊，这铺天盖地的白雪遮盖了多少污染和泥淖，遮蔽了多少人间的纷争和烦恼。我甚至以一颗童年的心希望这雪继续飘落，永不消融。

年轻时对雪的情感是丰富而复杂的，既有对风花雪月的憧憬，也有寒江独钓的冷峻，还有大雪满弓刀，欲与天公试比高的豪迈。曾记得读《水浒》读到风雪山神庙的章节，对林冲的坎坷不公的命运，深感同情与悲愤，青春的热血与漫天飞舞的雪花一起在胸中激荡，大有与林冲一道踏雪上山的冲动。

窗外，雪还在继续下着。

想起了小时候，听父亲说的一个故事：傍晚，财主一家围着火炉晚餐，看到外边下大雪，财主诗兴大发，端着酒杯，大声吟诗："高粱美酒雪花飘。"碰巧被门外路过的乞讨者听到，心中不爽，高声接了一句："老天降下杀人刀。"财主继续大声说："但愿三天下不歇。"乞讨者续接："送老子一命归阴朝。"……当时，年龄小，只觉得好玩，并未完全理解故事的深层含义。后来，我慢慢懂得了，这是阶级立场不同所导致的对待事物的看法不同。如今，经过三十多年改革开放，我们的社会取得了巨大的进步，但我们似乎也面临着类似的问题，经济发展不平衡，社会财富分配不公，贫富差距拉大，社会裂痕加深，进一步改革的共识难以达成。许多有识之士意识到，当务之急是凝聚社会共识，加大民生建设和社会保障制度建设，营造公平、正义的环境，缩小贫富差距，防止社会撕裂，甚至落入发展的陷阱。

行笔到此，我不禁想起七十年代"文革"时期，我曾读过一本苏联小说《多雪的冬天》，主人翁安东纽克曾任游击队长，后任农业部高级干部，为人正派、懂业务、有思想，由于坚持原则冒犯了上级，遭受迫害，正值他痛苦不堪、迷茫彷徨之际，又受到他的同志和当年的战友的造谣诽谤、匿名中伤等陷害，搞得他筋疲力尽，万念俱灭。作者以多雪的冬天为小说命名，可能有隐喻苏联时期僵化体制下，那勾心斗角、尔虞我诈、阴森寒冷的官场生态的深刻寓意吧。

无雪的冬天是不完美的，人生的境遇亦是如此。悲欢离合、风霜雨雪，都是人生和自然的真谛，是上天赐于我们的财富。然而现在雪已变得稀罕了，这是工业化导致大气污染的结果，但是我们失去的已不仅仅是雪，是人类赖以生存的环境，我们企盼的也不仅仅是雪，是人类对环境意识的觉醒，对生态伦理的回归。

用多雪的春天为书名，说不清楚是否受到《多雪的冬天》或《寂静的春天》这两本书的影响。后者是一本关于环境保护的开山之作。作者蕾切尔·卡逊，一个瘦弱的美国女子。她于上世纪六十年代第一次对人类意识绝对正确提出质疑，书中描写了由于农药的使用，导致昆虫和鸟类的大量死亡，原本鸟语花香的春天，变得没有鸟鸣而显得死寂。作为一个学者和作家，作品发表后，卡逊受到利益集团的诋毁和攻击，但她锲而不舍，顽强地写作，她所坚持的思想终于为人类环境意识的启蒙点燃了一盏明亮的灯塔。

此时，手机亮蓝，女儿发来信息，问北京的雪美不美，她想看雪，她六岁到广州，二十多年没见过雪了。去年寒假她和几个同学一道，专程去北京看雪，尽管那场雪较小，下得敷衍了事，她回来后还是激动了好几天。

记忆中的童年是多雪的，那纷纷扬扬飞舞在空中的白色天使，如絮、如蝶、如羽，带着花的希望，云的思绪，水的缠绵，飘然投入到大地母亲的怀抱。

白色的村庄、白色的树木、白色的大地，白雪皑皑、玉宇琼楼，天地一体幻化为一个圣洁的童话世界。雪后的清晨背着书包上学，耳畔响着"嘎吱、嘎吱"踏雪声，有时抓起一把雪追赶着塞进小伙伴的衣领里的恶作剧，有着无穷的乐趣。

记忆中不能消弭的还有，大雪纷飞的夜晚，在生产大队队部的堂屋里与宣传队的下放知识青年们一起排练节目，演习《白毛女》片段。反复的排练和反复的演出，尽管当时的政治气候严峻，但年轻人对剧中的喜儿与黄世仁的阶级关系似乎已不甚在意。"北风那个吹，雪花那个飘，雪花那个飘飘年来到……"那优美的旋律与窗外飞舞的雪花常常伴随我们一起进入年轻的梦乡。

最近，读了一本东西文库译著《失控》，作者凯文·凯利是网络文化的代言人，他在书中用科学的分析方法，描述人类的最终结局和命运，书中提到人工生态系统和虚拟生态。我难以想象，甚至不敢想象，若干年后，当我退休在家想赏雪时，只能与孙辈们一起围着电脑视频，感受虚拟下雪的景象，那将是一幅什么样的场景？

姚志彬
2010 年 3 月

一

飞雪迎春

FEI XUE YING CHUN

大雪：2010

　　二〇一〇年元月初三，一场大雪铺天盖地横扫数省，所有的航班中断。滞留在北京机场的候机室里，望着窗外漫天的飞雪……

　　一场大雪压下来
　　埋葬了所有的污染、纷争和喝彩
　　讲述着一个纯洁的故事
　　带我们回到儿时记忆的雪白世界

　　我暗自庆幸，大雪遮挡了所有的方向
　　把飞机、汽车等现代交通统统葬埋
　　银装素裹　白雪皑皑……
　　马蹄下的蝴蝶兰悄悄地绽开

　　据说这是五十年来最大的一场雪
　　好像是给世界气候大会一个"交代"
　　或许这只是《后天》的回光返照
　　待南极的冰川消融后人类已没有未来

　　这也是一场高价而珍藏版的雪
　　让我们搬出所有的容器收藏吧

将雪深埋在地下
一百年后与女儿红一起挖出
到苏富比、嘉士德拍卖

 注释

[世界气候大会] 指 2009 年 12 月 7～18 日在丹麦首都哥本哈根召开的《联合国气候变化框架公约》第 15 次缔约方会议暨《京都议定书》第 5 次缔约方会议。来自 192 个国家的谈判代表与会，共同商定 2012 年至 2020 年的全球减排协议。

[《后天》] 美国科幻电影，艾默里奇导演，影片描述一场大水灾从纽约开始，摩天大楼被强烈旋风摧毁，滔滔洪水从地铁隧道涌出，狂暴不止，大水吞没纽约，欧洲也不复存在，此后冰川和白雪覆盖了整个地球，冰期时代开始。

[女儿红] 即女儿酒。旧俗生女即酿酒贮藏，至女嫁时方取出宴客，故名。晋·嵇含《南方草木状·草曲》："南人有女数岁，即大酿酒……女将嫁，乃发陂取酒，以供贺客，谓之女酒，其味绝美。"浙江绍兴即有此风俗，故花雕酒有女儿红系列。

[苏富比、嘉士德]，分别是 SOTHEBY'S 和 CHRISTIE'S 的译音，它们是世界上最著名的两间收藏品拍卖公司。

兰的故事

从前，你生在山间空谷
与溪水为伴　与清风为伴
与莕荇同惠　与瘦竹同霜

后来，你进入了客室书房
与君子为伴　与木琴为伴
与诗画同雅　与书墨同香

如今　你来到五星级大堂
一身贵气　浓彩华妆
你学会了跳舞、舞剑，甚至化蝶

我伤感关于兰的故事
怀念韩夫子的空幽咏叹
君子之守，君子之伤……

注释

[兰] 中国传统名花，以其特有的四清特质——气清、色清、神清和韵清，给人以高洁、清雅的优美形象，被喻为"花中君子"。兰花也是中国古代文人诗文经常赞美的对象，例如文章喻为"兰章"，把朋友比喻为"兰客"等等。

[学会跳舞、舞剑，甚至化蝶] 指兰花有了许多新的品种，跳舞兰、剑兰和蝴蝶兰等。

[怀念韩夫子的空幽咏叹] 韩夫子指唐代诗人韩愈。韩愈《幽兰操》以兰起兴，抒发感情："兰之猗猗，扬扬其香。不采而佩，于兰何伤。……荠麦之茂，荠麦之有。君子之伤，君子之守。"另外，孔子也著有《幽兰操》，常被谱为歌曲演唱。

回　家

回家的路，我走了50年
1个多小时的航程
我数次飞越关山
却总是航班误点
赶不上母亲的雨季

五月的梅雨，把小城打湿
一川烟草，满城风絮
白云之上，我与母亲相聚
她站在门口朝南方张望
白发、炊烟缭绕，触手可及

接过她手里的玉米和衬衫
衬衫已被泪水浸湿
放下行李，扶母亲坐下
提出秋天翻修老屋的设想
她指着梁上的燕巢
看着我，含笑不语

时　间

没有起始，没有终结
没有过去，没有未来
像一支没有目标的箭
划过宇宙夜空的黑暗
穿行在历史的河流间

从远古的"无"起飞
向虚无的"有"进发
所有轨迹都在混沌中绽放
时而弯曲
　　　时而直线
　　　　　时而回旋

　　注释

　　["有"和"无"]"有"和"无"是中国传统哲学概念。《老子·四十章》提出的一种本体论命题，《老子》以"道"为宇宙的本源，"道生一，一生二，二生三，三生万物"。又有用"有"和"无"的概念来说明万物的生生演化过程，天下万物生于有、有生于无。

现代西方哲学的"有无观"与中国传统哲学的有无观有很大差异，但两者也有很多的呼应、遥契和借鉴关系。总体上说，先秦道家的哲学是"无"的智慧，而西方哲学的主流是"有"的哲学。

关于宇宙创生的"有无"理论，现代科学大爆炸理论和大统一理论认为：宇宙从无中演化而生。宇宙从未知的物质和能量形式（"无"），转化为已知的物质和能量形式（"有"）。探讨上述问题，不仅具有认识论和方法论的意义，也具有重要的科学意义。

丁　香

寂寞在路旁
在无名的荒岗上
讲述着一个久远的故事
故事凄美而苍凉

一个进京赶考的秀才
被小酒店女老板的对联难住：
"冰冷酒，一点二点三点"（上联）
秀才苦思冥想无以对
忧郁成疾，客死他乡
次年的清明时节
一朵小花在新坟上长出
花名叫丁香
"丁香花，百头千头万头"（下联）
小花替秀才完了心愿
丁香是一个善良的姑娘

午后　我沏一壶清茶
茶香沁腑　思绪缭绕
丁香已走进戴望舒的《雨巷》

她那忧郁的眼光里
充满着彷徨和忧伤

注释

[丁香] 传说过去有一个书生进京赶考，途中住宿一家小客店。晚餐时，考生卖弄学问，满口词章。这时小酒店颇有几分姿色的老板娘进来，说道："这位书生一表人才，满腹经纶，此次进京一定高中。我这里有一对联，请教先生，不知可否？"书生一口应承。老板娘遂出上联："冰冷酒，一点二点三点。"书生一时语塞对不出下联。老板娘见状笑道："先生不必急着对，我这里给你斟杯酒，请慢慢思考，明天奴家再来请教。"说罢将书生酒杯斟满，翩然回内屋里去了。这位书生接连思索数天对不出下联，羞愧交加，忧郁成疾，一病不起，死后葬在客店后面的山冈上。

第二年，另一个考生路过此地，听说了这个故事，来到他的坟上，看到坟头盛开了丁香花，这位考生叹道，死后他已对出了下联："丁香花，百头千头万头。"

"一点二点三点"是指冰（旧体作"氷"）、冷、酒三个字的左边旁分别是一点水、两点水、三点水。"百头千头万头"是指"丁"字头＝百字头（一），"香"字头＝千字头（丿），"花"字头＝万（萬）字头。

[戴望舒的《雨巷》] 戴望舒（1905—1950）：现代诗人，浙江杭州人，早期作品大都吟咏个人的悒郁情怀和生活遭遇，讲究音乐性和象征性，追求意象的朦胧，成为现代诗派的代表人物；后期诗作风格趋向明朗。有诗集《望舒草》、《望舒诗

集》、《灾难的岁月》等。《雨巷》是戴望舒的成名作和早期的代表作。

附：《雨巷》

撑着油纸伞/独自彷徨在悠长、悠长又寂寥的雨巷/我希望逢着一个丁香一样的/结着愁怨的姑娘/她是有丁香一样的颜色/丁香一样的芬芳/丁香一样的忧愁/在雨中哀怨/哀怨又彷徨/她彷徨在这寂寥的雨巷/撑着油纸伞像我一样/像我一样地默默彳亍着/冷漠、凄清/又惆怅/她静默地走近/走近/又投出太息一般的眼光/她飘过/像梦一般的/像梦一般地凄婉迷茫/像梦中飘过一枝丁香一样的/我身旁飘过这女郎/她静默地远了/远了/到了颓圮的篱墙/走尽这雨巷/在雨的哀曲里/消了她的颜色/散了她的芬芳/消散了/甚至她的太息般的眼光/丁香般的惆怅/撑着油纸伞/独自彷徨在悠长/悠长又寂寥的雨巷/我希望飘过/一个丁香一样的/结着愁怨的姑娘。

春　天

一个充满童话的春天
春天像一条蛇
她鲜红的信子张扬着
把毒汁洒向人间

罂粟花在阳光下生长
蛇毒为她祛风杀虫
当雨水把毒液淋洒到地上
浇灌后的花朵更为鲜艳

蛇在花丛中游走
忘记了那北风中的冬眠
到了罂粟收获的季节
西风已不再遥远

注释

　　[信子] 蛇靠吐出舌头捕捉外面的信息，如食物和周边环境情况。蛇视力不好，靠舌头获得信息，故称"蛇信子"。

　　[罂粟花] 二年生草本植物。夏季开花，红、紫或白色。果实可制鸦片，含吗啡，有镇痛、镇咳和止泻作用，但常用能成瘾。

达尔文

抛出一道闪电
把历史拉开一个大口子
上帝和我们分在两边
上帝走快车道
我们走人行线
……

梅花·雪花·剑

夜已朦胧　水亦朦胧
朦胧中飘荡着朦胧的幽灵
朦胧的雾气在水面升起
把世界披上白色的纱裙

如果你着白衣　在风中舞剑
我且抚琴把梅花三弄
剑舞梅花
散落的花瓣在月色里飘零

如果我着白衣　在风中舞剑
你且抚琴弹白雪阳春
剑舞雪花
飘散的白在月色里缤纷

注释

〔梅花三弄〕古曲名。据明朱权《神奇秘谱》称，此曲系由晋桓伊所作的笛曲改编而成。内容写傲霜斗雪的梅花，全曲主调出现三次，故称三弄。

　　[白雪阳春]《白雪》《阳春》是战国时期楚国的两支高雅歌曲。见《文选·宋玉〈楚王问〉》。后亦用以泛指高雅的诗歌和其他文学艺术。常与"下里巴人"对举。

星　空

昨夜　我做了一个梦
梦里　我仰望星空
星星逐渐稀少　星光渐渐弱羸
突然，我看到一个黑洞
像一只巨大而凶猛的鹰
它不断远去
又不断地靠近
黑洞在快速地旋转
旋风挟着巨大的引力
吞噬着周围的星星
从梦中醒来
我坐在烈日下的沙滩上
浑身无力　汗水淋淋

注释

　　[黑洞] 广义相对论预言的一种天体。其边界是一个封闭的视界面。外来物质能进入视界，而视界内物质却不能逃出去，因此，远处的观测者无法看到来自黑洞内部的辐射。黑洞

与外界仍有引力作用。考虑到量子效应，黑洞中的质量也可转化为辐射。黑洞的质量愈小，其温度愈高，辐射愈多。目前，黑洞尚未最终确认，但在恒星层次和星系的核心已观测到一些可能是黑洞的候选体。

惊　蛰

雨水是充足的　断断续续
隐隐的雷从远处滚过
那些休息一冬的生灵
从雷声中苏醒
试探着开始新的生活

树木在雨水里疯长
启动了退耕还林后又一赛季
枝杈充满了发展的欲望
伸长了脖子窜向天空
冬天的山火余温犹在
未烧尽的野草将杂花捧出

鹰挂在黄昏的天上
夕阳浸染着草地和池塘
牛群无忌地啃着青草
而我试图成为一只燕子
穿过窗户，去衔回柳叶上的夕阳

注释

[柳叶上的夕阳] 柳是报春使者，历来受人们的喜爱和吟咏。如杜甫有《腊月》诗："侵陵雪色还萱草，漏泄春光有柳条。"李贺《致酒行》诗有："柳条折尽花飞尽，借问行人归不归。"柳永名诗："夕阳返照桃花坞，柳絮飞来片片红。"因此自古以来人们喜柳爱柳形成许多与柳有关的民风民俗和情趣盎然的柳文化。有插柳、射柳、折柳等。

春　雪

雪的故事还没有结束
三月
雪花又一次飞回
这雪有点轻佻
有点世故、有点细腻

雪压在桃花上
炫耀着白的圣洁
雪挂在柳枝上
透露着年的奥秘
雪花粘在姑娘的长发上
弹奏着春的晨曲

或许这是　这个
春天的最后一场雪
阳光出来了
雪牵着春风走向远方
走到水边
在那里卸妆、梳洗、歇息

春梦良宵

我一转身
三月过去了
多情的雨水把四月浸泡

繁花被洗得苍白
清明的路上长满青草
草地上摆着祭品
苹果、鲜花和蛋糕……

是谁放起了音乐
流淌着三十年代的老歌
"何日君再来……"
歌声与雨丝缠绵着，纸蝶纷飞

东风挥舞着柳条
是召唤逝去的三月
是追思那春梦良宵

桃花开了

二月到了
桃花开了
今年桃花开得特别早
一改往年的容颜和作派
涂胭脂　抹口红
面带微笑
这笑有点挑逗
甚至有点吊诡
难道她得了流感？

雪已匆匆离去
尽管这冬的雪很猛
毕竟过时了
今春对百花做人口普查
顺便给花朵计划免疫
接种过疫苗的桃花
开得分外灿烂
步伐也显得轻佻

花枝扭过腰身探进窗户

举着葡萄酒杯向我招手
邀我们去对岸共饮
且慢，这酒里有达菲么？

　　［达菲］抗流感药物。也是抗禽流感、甲型 H1N1 病毒的
重要药物之一。

渴　望

渴望阳光
恨不得调整地球的轨道
朝着太阳飞翔

渴望雨水
恨不得把云雾雨雪召集在一起
举办一场太平洋大合唱

渴望理解
恨不得扒开自己的胸膛
轻轻贴上你的手掌

渴望自由
哪怕做一朵大海的浪花
撞碎在坚硬的崖石上

黄花岗

血已冷却
冰冷得像这汉白玉碑
天空似蓝非蓝
已看不到当年的风云激荡

黄花呢？黄花在哪里……
黄花躲在铁栅栏脚下　有点寂寞
浩气碑前几个台湾老兵的身影
是二十年前的繁华与苍凉

当年的枪声已远去
口号和理想还在
战旗已化为褪色的裙子
在口号声中放逐飘扬

注释

　　［黄花岗］在广州市先烈中路。黄花岗七十二烈士墓为全国重点文物保护单位。1911年4月27日孙中山领导的同盟

会，在广州发动推翻清政府的武装起义，不幸失败。后由善堂收殓七十二人遗骸葬于此地。1918年由华侨捐款建成墓园，墓园牌坊上镌刻孙中山题"浩气长存"鎏金大字。墓为方形，前立钟顶碑亭。墓后是纪功坊，顶上矗立自由女神。新中国经扩大修缮，辟为纪念公园。

除却巫山

　　巫山县是三峡工程广东对口援建单位。新县城建成后，多次盛情邀请，怀着一颗向往而又忐忑的心：巫山还是那个巫山，云雨还是那般云雨么？几经改期，终于在辛卯年末与重庆卫生同行一起踏上新巫山的土地，时值三峡水库丰蓄期，江水浩淼，碧波云影。又赶上巫山红叶节，红叶宜人，丹心摇曳。

巫山的雨
淅沥着，时断时续
下了五千多年
今夜，终于涨满了
这偌大的秋池
注定在 175 米
神女挽袖浣纱的高度
浮星隐约，平湖万里
依然这样波澜不惊
铺开笺纸，剪烛西窗
饱蘸瞿塘的水
也蘸满千里猿啼
写信，写诗

船笛逶迤呼唤着群山
十二峰凝眸聚首
轻舟一闪而去
优雅的身影
映在崖壁上
刻成千年的诗句
还有那嘶啸西风的马匹
远走天涯，山高路疾
除却巫山，哪里还有
这轻舟骏马、铁骨雄姿

推开夔门
雨已飘落在身后
迎面一束霞光
随霞光而来的，是那
嫣然的红叶
和那脉脉含情的眸子

除却巫山，已没有
这醉人的霞光和秋水
无论是展览千年，还是
痛哭一晚，都已不再重要
重要的是一起坚守，一起畅游
一起餐霜饮露
一起红醉、相知

注释

[无论是展览千年，还是痛哭一晚] 舒婷《神女峰》中的著名诗句："与其在悬崖上展览千年，不如在爱人肩头痛哭一晚。"

蛇　蜕

尽管有撕心的痛疼
正是这痛成就了新生
脱下的是枯朽和残孽
披上的是生机和繁荣
对死的无畏才有对生的追求
无所谓这残酷的路径
正是这方刚的血气和铮铮铁骨
激起我对你的敬意图腾

注释

　　[蛇蜕] 蛇一般每隔 2 ～ 3 个月就要蜕一次皮，所蜕的皮叫蛇蜕。蛇蜕可入药，有祛风、解毒作用。

失　眠

八十五、五十七、六十八……
数字已经朦胧
又是一个艰难的夜晚
子夜呼唤着黎明

迷茫中月色开出了桃花
知更鸟的舞姿格外从容
抽水马桶在嘟喃着
开始怀疑药的忠诚

翻过身，再睡吧
失眠有自己的浪漫
风从窗的缝隙溜进来
眠之舟在风浪里迷失了归程

注释

　　[知更鸟] 名欧亚鸲，又名知更雀，是一种细小的雀形目鸟类。是文学作品经常描写的对象。《杀死一只知更鸟（To kill a mockingbird)》（1960 年），长篇小说，美国作家 Lee Harper，获当年普立兹奖。

夜

夜闭上了眼睛
世界是如此的深沉

警察在寻找路标
方向不甚分明

行人在寻找烟蒂
身影有点朦胧

小偷在观察风景
月光格外的冷静

城市已丢失了耳朵
我的话说给谁听

梦

不知从什么时候起
梦已变得稀有
这是这个时代的特征
梦的次数在减少
内容也逐渐贫瘠
像水土流失后贫瘠的关中土地
人们都忙于打工、写博和跳槽
忙于开会、考察和学习

很庆幸昨晚有了一个梦
无边的原野麦苗翠绿、菜花金黄
丫丫着红衣走在田埂上
我拿起尼康相机拍照
突然发现高压线蜘蛛网般紊乱
只好压低镜头　重新聚焦
一双低飞的燕子穿过来
贴近镜头，变成巨大的苍蝇
"啪"的一声　相机掉落地上

我从睡梦中惊醒
盯着晃动的天花板
静听窗外工地上
混凝土搅拌机正隆隆鸣响

风从心头吹过

风从门前吹过
我翻出昨日的诗歌
拉响三十年前的二胡
为诗歌谱写新的生活

风从窗口吹过
你点燃岁月的灯火
用大碗斟满白酒
推杯换盏，在灯影里把生活抚摸

风从屋顶吹过
把斗笠吹进村口的小河
斗笠像一只挂帆的船
满载着星斗一路欢歌

风从心头吹过
雪花正从容地飘落
雪覆盖了山川大地
也覆盖了今生与来世的寂寞

人 字

阳光从收割者的腿间穿过
风吹荡着裤脚像红旗招展
一片金黄倒下了
一行大雁抛却金黄，飞向蓝天

早春的雨水淋湿了多少衣襟
旱老虎像野火把田野烧过
记不清被蚊子叮醒梦的内容
长夜里辗转反侧等待夜莺催眠

笑声串起珍珠般的汗水
流淌额头上的河流和胸口的山泉
仰望那远去的大雁
把人字刻在天空的边缘

手　纹

有人说
是生命的密码
有人说
是生活的地图
前者，写满生老病死的信息
子孙后代的前途
后者，吐露荣华富贵的踪迹
功名利禄的因由

我视手纹
为天上的日月星辰
地上的山川河流
翻手为云，再翻手
云开雾散，星光灿烂
覆手为雨，再覆手
雨过天晴，白云悠悠

历史的天空叠满了手印
那双手有汗
这双手有血
更多的手有春意驻留

雪的故事

雪的故事尚未说完
今夜花落何处
摘一枝梅花问路人
路人行色匆匆
此去经年，随风而逝
良晨何苦，日落何如

当年的小荷，英姿初发
挽起袖口，脚尖踮了又踮
欲随彩蝶起舞，欲随蜻蜓飞去
飞去南下列车的窗口
飞去奔腾珠江的下游
指点江山，激扬文字
纵论改革，躬身力行
如今枯荷老熟，霜枝犹劲，残叶听雨声

当年的柳枝折了又折
柳枝轻拂沈园的池水
芍药尚红，琵琶遮面，唢呐声吟
弹一曲胡笳十八，送君北上

将琵琶反抱，再反抱
轻弹、紧捻、慢拢
潸然泪，低眉婉转，余音犹存
一袭风衣，义无反顾，打马出关东

雪的故事说到长城
长城上烽火孤烟，弯月怜人
苍白的月如那妇人的面色
孟姜女的泣声千年不绝，征衣待温
飞将军的箭矢在城垛上飞鸣
一将功成万骨枯
历史的烟云笼罩着千载冤魂
千秋功罪被评了又说，总也说不清

站在慕田峪垛口，朝江南回望
望故乡的菊花，故乡的彩云
横断山拦截了视线
江南何夕？风潇雨骤，天低云浓
擦去额头上的汗水、雨水
待雨息风停后再看吧
家乡的村庄、田野、池塘、山林
家乡祖庙祠堂的前世今生
昏花的眼何时才能洞透
人世间的山河破絮，雨色空蒙

雪的故事尚未说完
今夜花落无声
摘一枝梅花问路人
路人行色匆匆
此去经年，随风而逝
恍若隔世，恍若星辰

注释

[沈园] 是浙江绍兴著名的园林和旅游景区。南宋诗人陆游与初婚唐婉被迫离异后，曾在沈园邂逅。当时唐已改嫁，陆亦另娶。陆游一时感慨万端，在园壁题《钗头凤》词一首云："红酥手，黄滕酒，满城春色宫墙柳。东风恶，欢情薄，一杯愁绪，几年离索。错，错，错！春如旧，人空瘦，泪痕红邑鲛绡透。桃花落，闲池阁，山盟虽在，锦书难托。莫，莫，莫！"极言痛苦之情。唐见后和作一首，中有"病魂常似秋千索"、"怕人寻问，咽泪装欢"之语，不久抑郁而亡。陆游为此哀痛至甚，后又多次赋诗忆沈园，有"伤心桥下春波绿，曾是惊鸿照影来"句，沈园亦由此而久负盛名。

[飞将军] 即李广，西汉名将。

[胡笳十八] 即《胡笳十八拍》，骚体叙事长诗，作者蔡文姬，东汉末年大文学家蔡邕之女，蔡邕是曹操的挚友和老师。文姬自小博览经史，又善诗赋与音律。由于东汉末年，社会动荡，文姬被掳，并嫁给匈奴左贤王，并生儿育女。十二年后，曹操统一北方，重金赎回蔡文姬。蔡文姬的一生悲苦，留

下了动人心魄的《胡笳十八拍》和《悲愤诗》。历史上把"文姬归汉"传为美谈。

二

醉里挑灯

ZUI LI TIAO DENG

怀念狼

踏遍青山绿水
我在诗里怀念狼
寻遍假山庭院
我在公园里寻找狼
怀念奔跑和贪婪
寻找尖叫和欲望

一个个洞穴敞开着
蓝天和白云从洞口飘过
秋风吹拂着无边的草场
黄沙在啃噬草原的边界
狼的影子像倒立的胡杨

夜色匆匆降临
狼眼里闪着绿色幽光
猎犬吞没了月亮
这不能怪犬
因为没有狼的日子太久了
猎犬已饿得发慌

没有狼的日子
连羊群也显得不习惯
无精打采地吃草
大惊小怪地呼唤
用怀疑的目光看天看草
这草翠绿　那草枯黄
是否草也有病
被疯牛症病毒感染

没有狼的日子
牧羊人也显得不习惯
无精打采地挥鞭
大惊小怪地吟唱
用怀疑的目光看天看羊
这些羊温驯　那些羊疯狂
呵呵 羊已有病了
羊和牧羊人一起怀念狼

051

富士康跳楼事件

前面是蔚蓝色的天空
足下是湛蓝的大海
跳吧，跳下去才有美好的未来！

一下、二下……十二下……
每一跳都牵动着社会的神经
每一跳都震动了世界

我苦苦思索不得其解
为什么你如此从容
为什么你如此决绝

为了寻求合理的答案
我不得不再次把
《资本论》和《心理学》同时打开

　　［富士康跳楼事件］台湾鸿海集团旗下的富士康科技集团，是全球最大消费电子产品代工厂商，在大陆设有多间分厂。深圳的富士康科技园区，自2010年1月～5月，计有12名深圳富士康的年轻员工相继跳楼自杀，事件引起全社会的关注。

伤 口

伤口张开着
红红的、肿肿的　艳若桃花
当涂上紫色的药水
桃之夭夭闪灼金华

这是一个发展中的伤口
一个有特色的
充满机遇和挑战的伤口
伤口成了肌体的一部分
不可或缺的部分
它削弱了机体的活力
却又增加了机体的灵活度

伤口在微笑着
医生每天都来视诊、清创
他（她）已经爱上了
这朵灿烂的桃花
禁不住想亲吻她
舍不得将她缝合
甚至舍不得将她包扎

注释

[桃之夭夭]《诗经·周南·桃夭》："桃之夭夭，灼灼其华。"后以喻事物的繁荣兴盛。

学会年轻

一

是啊，岁月无情
但要学会年轻
给三分钟吧　要不一分钟
轻声地说，大声地笑
暗号照旧
蝴蝶兰贴在额头上
或者把麦穗叼在嘴角
地点由你定
村口的老榆树下
或是街角的小酒店

二

是啊，岁月无情
但要学会年轻
喝一杯酒吧　要不两杯
一杯茅台　一杯杜康
酒香依旧
丁香花开在情感的路口

雨伞下泪洗灵魂　把你守望
醉眼朦胧时
酒杯中打捞昨天的月色
打捞起你年轻的身影

三

是啊，岁月无情
但要学会年轻
唱一支歌吧，要不两支
希望的田野　茂密的森林
歌声依旧
片片高粱掀起十里酒香
亭亭白桦钻进悠悠碧空
帷幕拉开时
尽管台上的布景已经变换
秋风里满山的杜鹃依然鲜红

山　月

在这多风多雨的季节
花事了了，野草纷纷
我抱着风干的葫芦
把理想的鸽子放飞
斜靠着昨日的窗框
等待归期的玫瑰

爬山虎爬满了窗扉
泛黄的叶子在秋风中絮语
不说屋檐的苍凉
不说凤尾竹的苍翠
守望并诉说着一窗山月
和那月色下山塘里的芦苇

苍山如海

波涛如聚
展示成功者的意境
苍山如海
敞开失败者的情怀

山由青变蓝变苍
江山已不再依旧

骄阳气短
夕阳因贫血失去了红腮
英雄泪洒平台
是非难以论成败
世事如棋
变换的总是下棋者

人生如梦
梦境把现实交待
苍山如海
大海里幻化着无限世界

风吹乱了头发

来时的雨
淋湿了头发
归去的路　叠满了桃花

雨在徘徊
徘徊在桃花渡口
徘徊在窗角、檐下

回去的路上
我拾起几片桃花
桃花已被风吹散
风吹散了桃花
吹散了云
也吹乱了我的头发

黄　昏

一头金发
在夕阳里飘舞着红云
这红云般的秀发
牵引着金色的黄昏

在黄昏里
把轻舟催发
风帆挂满夕阳
思念那隔岸的黎明

曾几何时
黑发泛闪着金银
待暗香从水面升起
轻舟驶向五彩的天空

丹　参

翠绿色的叶子
紫红色的小花
生长在云深处　在百草园
不事炫耀　但常被人记挂
像荷花仙子矜持、清高
性微寒
根茎入药
经归心、肝
虽不温不补
却妙用天成
或为君臣
或为佐使
清热
宁心安神　赐你好梦
调血
活络通经　出神入化

注释

[丹参] 祛寒止痛、活血通经中药。主治月经不调、经闭痛经、心烦不眠等症。亦常用于冠心病。

[或为君臣，或为佐使] 成语君臣佐使，原指君主、臣僚、僚佐、使者四种人，后来被中医药学借用来指中药方剂各味药发挥主导、配合、辅助等不同作用。君臣佐使是中药组方的原则之一。

钟　声

守着寒寺的钟声
这痴情的江枫和渔火
在霜天里闪灼
明灭不定　隐隐约约
此刻，我的小船搁浅在姑苏城外
那个一千多年前的渡口……

夜依然静谧
枕着江涛入梦
梦里与张继、杜牧、李商隐相聚
一起畅游江南水乡秋景
品赏姑苏城头的月色

明天是周末
工厂还会加班么
但愿日本老板还有韩国老板们
都去寒山寺上香了
工友们能好好地睡一觉

注释

　　[寒山寺] 中国佛教寺院。在苏州市西枫桥镇。建于南朝天监年间（502—519），原名妙利普明塔院。相传唐代寒山、拾得两僧曾居此，遂改今名。今寺为清末重建。以唐·张继《枫桥夜泊》"姑苏城外寒山寺，夜半钟声到客船"的诗句而著名。

　　[杜牧、李商隐] 晚唐著名诗人，有小李杜之称。杜牧写月色的名句有"二十四桥明月夜，玉人何处教吹箫"。李商隐写月色的名句有"沧海月明珠有泪，蓝田日暖玉生烟"。

日内瓦过中秋

在日内瓦湖畔
静静地度一个异国中秋
月亮跳出湖面
月光圣洁而端庄
这月亮勾起我紫色的回忆
散发着紫色的苍凉

黄昏时，夕阳
与少女峰擦肩而过
我把紫色装进镜框
花钟的时针正指向月亮
顺着指针我开始畅想
不知这异国月亮里
有没有桂树和玉兔
有没有嫦娥和吴刚？

秋风挥舞着枫叶
我想起故乡的菊花
她们在唐诗里绽放
在长安道上

在长城脚下
在黄河渡口
还有老将军的铠甲上
漫山遍野满城金黄

注释

[日内瓦湖]（Lac de Geneve）亦称"莱芒湖"（Lac Leman）。瑞士西南同法国东部边境湖泊。长73千米，宽14千米，面积582平方千米，平均水深154米。罗讷河自东入湖，西经日内瓦城流出。环湖山峰终年积雪，湖光山色，十分秀丽。

[花钟] 日内瓦莱芒湖畔的英国花园（Jardin Anglais）内，有座直径 5 米的巨钟，钟表机械装置设于地下、草皮作为钟面，鲜花环绕于外，这就是诞生于 1955 年的花钟（The Flower Clock）。代表 12 小时的阿拉伯数字则由浓密火红的花簇组成。它随着季节变化而改变色彩。钟的时针与分针和普通钟表一样，在钟面上自行准确移动。

五一假期遐想

社会在不断地空灵
信仰已开始游荡
瞬间的虚无弥漫着
甚至怀疑生命的价值
只有无聊在勤奋工作
填补时间的空档

五一长假已经缩水
国庆假期是否加长
烟花随着乐曲跳舞
啤酒的泡沫在膨胀

历史是一个涉世未深的女孩
任凭你打扮梳妆
昨天还长发秀黑，随裙袂飘飘
今天已一头短发卷曲金黄

桥

紧紧抓住岸的影子
你张开强壮的臂膀
尽管伤痕累累
每当大车通过时
你肌肉颤栗、静脉怒张

脚下的水腥臭、混浊
头顶上烈日暴晒
栏杆虽越来越漂亮
月光透视出你受伤的肋骨
还有被行船撞凸的椎间盘

今天是你大修通车和生日纪念
周身装饰一新　彩灯辉煌
你却兴味了了
怀念昔日的时光
那时，桥下鱼虾成群　清水荡漾
桥上弯月如钩　恋人依栏

不久，上游又架起了一座新桥
你的负担却日益繁重
更不可原谅的是新桥遮挡了视线
那里是云起日落的去处
是南来燕子的故乡

注释

　　［静脉怒张］医学用语，描写静脉血管回流受阻，充盈隆起的状态。

广州塔

临水而居，身姿绰约
宛若岭南水乡的少女
海心沙放飞了一只白鹤
向蓝天致敬　向大海诉说

三千年的文化血脉
三十年的改革浪潮
三千里的峥嵘巍峨
珠江在这里侧身、注目、行礼
大沙、二沙、丫丫沙
鹤舞白沙、云帆芳草忆秦娥
江水滔滔向大地母亲作出海前的
最后一次深情回眸
唱响《重逢》的旋律
讲叙未完的故事
把你的腰身揽进怀里
尽览珠江的柔情风骨

当夜幕降临
你华彩登场　含花吐玉

铺就一个玫瑰色的黄昏
当晨曦初现
你素面朝天　不施粉黛
捧出一个草绿色的黎明
你因水而生　缘水而兴　似水柔情
你临水而居　若水上善　与水厮磨

脉脉地送千帆出海
静静地等云帆归来
我轻轻地一千遍呼唤——
"小蛮腰"
你风情万种的别名

注释

[广州塔] 广州新地标，也称广州新电视塔等，位于珠江南岸125米，与海心沙岛隔江相望，风光旖旎。是一座以观光旅游为主，具有广播电视发射、文化娱乐和城市窗口功能的大型城市基础设施。塔身呈S形曲线，极类似南方女子优美身材，民间俗称"小蛮腰"。

[海心沙] 位于广州市珠江江心内的沙洲，东西向是两千多年古老广州的历史轴线，有风雨珠江之称，南北向是广州新城市中轴线——由南而北，分别是广州塔、西塔、省博物馆、2010年亚运会主体育场等广州新标志性建筑。小岛四面环水，没有围墙，是充满岭南风情的生态和休闲之岛。

[大沙、二沙、丫丫沙] 沙是海边或江边冲积而成的沙洲和沙岛，通常依大小取名为大沙、二沙。

[忆秦娥] 词牌名。世传李白首制此词，中有"秦娥梦断秦楼月"句，故名。又名《秦楼月》等。

附：《重逢》

十六届亚运会主题歌

（女）万水千山相隔多远，珠江弯弯伸手相牵。

（男）隔山遥望跨海相约，绿茵赛场难说再见。

（女）asia where the sun has risen, asia where civilizations were born。

（男）ah here is the most beautiful, here is the most bright。

（合）asia where the sun has risen, asia where civilizations were born, ah here is the most beautiful, here is the most bright。

（女）眼睛和眼睛重逢，黑眼睛蓝眼睛。

（男）奔跑收获超越，把自豪举过头顶。

（女）asia 太阳升起的地方，

（男）asia 古文明的殿堂，

（合）这里的风光最美，这里的阳光最亮。

（男）asia 太阳升起的地方，

（女）asia 古文明的殿堂，

（合）这里的风光最美。这里的阳光最亮，asia 太阳升起的地方，asia 古文明的殿堂，这里的风光最美，这里的阳光最亮。

醉里挑灯

紫檀书案，一灯如豆
微黄的宣纸上
我凝神、静气
笔走蛇龙写下"醉里挑灯
——看剑！"

剑在墙上沉吟
夜深时常呜呜呜响
有时她走下来
轻抚我的丝丝白发
昔日的豪情犹在
打猎　牧羊　撒网……
当年在草原或湖滩上的生活
只能在旧日历中收藏

翻阅老照片
已成为日常的下酒菜
今晚要调换一下口味
用仙人掌下酒
用飞舞的雪花熬汤

注释

[醉里挑灯看剑] 宋·辛弃疾《破阵子》词有"醉里挑灯看剑,梦回吹角连营"句。

凤凰城

江水悠悠
从吊脚下流过
楼群参差
张扬着飞檐翘角
我沿着青石街巷寻找
乘小船顺沱江寻觅
寻找那只美丽的凤凰

当我从迷人的山水
和痴幻的傩戏里醒来
夕阳已画出古城的轮廓
飞檐正张开凤凰的翅膀
飞过沱江的天空
衔来武陵深处的传说

我明白了
凤凰在苗族女子的背篓里
凤凰在黄永玉先生的画稿里
凤凰飞进了沈从文的小说

注释

[傩戏] 驱神逐鬼的舞蹈形式，演出时多戴面具，后演化为戏剧品种。

[黄永玉] (1927—)，现代画家，湘西凤凰人，土家族。曾任中国美术家协会副主席，中央美术学院教授。

[沈从文] (1902—1988)，现代作家，湘西凤凰人，苗族。代表作《边城》、《长河》等小说，《湘行散记》等散文集。

读《揭开行政之恶》

以高尚的名义侵犯高尚
以卑鄙的方式打击卑鄙
理性催生罪恶
帮助制造问题

呵呵　现代管理的困境
让社会的机体满目疮痍
流行的行政艾滋病毒多么可怕
组织的执行力正一日千里

注释

[《揭开行政之恶》] 英文名 Unmasking administrative evil，政治学著作，美国学者艾赅博（Adams Guy B.）、鲍尔弗（Danny L. Balfour）著，中译本由白锐、任剑涛译，中央编译出版社 2009 年。该书论述行政管理和官僚制度如何产生罪恶，即国家支持下的去人性化行为，而管理者本身不自觉身处其中。该书获美国行政科学院著名的年度奖"布朗洛奖"。

读　史

风翻动着乌云
一页一页
像翻动历史的账本
满纸的数字、符号和文字
让我惊怵　似懂非懂
门紧紧地关闭着
缝隙里透出忽明忽暗的灯光
烛影、杯弓，还有斧头的声音

窗户被遮挡了
青蛙和蛇在窗下嬉戏
玻璃上落满了苍蝇
《良宵》和《梁祝》的音乐声里
苍蝇羽化为蝴蝶
张开彩色的翅膀
隐约着飘扬的旗帜
庆祝又一个早熟的黎明

注释

[烛影……斧头的声音] 即"烛影斧声",指宋太祖去世之前,太宗入宫的一段传说。宋文莹《续湘山野录》,以及南宋李焘《续资治通鉴长编》及明柯维骐《宋史新编》等亦均有类似记述。依此记述,有烛影搅动和斧头砍杀之声,太宗有杀兄夺位之疑;但亦有称其诬者,明程敏政《宋纪终受考》辩驳较详细。

[《良宵》] 二胡名曲。刘天华(1895—1932)作于1928年,作品旋律欢快流畅。

[《梁祝》] 即《梁山伯与祝英台》。小提琴协奏曲。

花　事

风已走得很远
忧伤已不再缠绵
花沉默无语
把往事丢弃
追着月光飘逸
作一次深远的旅游
彻底地散散心事

心事被东风使劲地抛起
又轻轻地放下
为了这雪落的预演
你决然地放弃了
内心的牵挂和期许

风已走得很远、很远……
忧伤已不再缠绵

月　光

是李白的月光
是李贺的月光

昨夜
秋风偷走了嫦娥的衣裳
月光从南海升起
又从东海飘落
月光从窗户飘进
又从门口飘走
我飞跑出去
追逐着月光

今夜，秋风萧瑟
月光，随着雨点飘落
是巴山的雨
还是阿里山的雨
雨水落进三峡
又飘落进日月潭
雨水随月光一起涌入
涌进我夜晚的池塘

雨后，月光如水
虚幻、冷静、迷茫……

是鲁迅的月光
是朱自清的月光

有件东西

　　有些东西，要一直存在心底里，不能说出，说出了就变成飞沫，可能还会传播疾病。

有件东西，你一直存在心的箱底
没有告诉父母
没有告诉闺中密友
也没有告诉红颜知己
密密地封存着
与女儿一起出嫁

直到有一天，看到
院子里的石榴花开
月光照亮西屋的灶台
你打开中学时的日记
静静地读，偷偷地笑
灶膛的炉火，映红面颊
也映红辛酸的泪水，甜蜜的笑靥

突然，日记掉进了灶膛
蓝色的火苗
吐着舌头，挤眉弄眼
把一个传说传送到又一个世纪

荷

蝉鸣、六月
接天的碧绿
遮盖十里荷池
听见了水的声音
还有叶的喧哗
和那迷人的粉红色
清高，浮生若浮

秋风，九月
大梦醒来，绿色褪去
残枝在水面僵持着
在夕阳里吊念曾经的艳丽
在秋雨里吟唱
吟唱《大风歌》

注释

[大风歌] 汉高祖十二年末平定了英布后，路过家乡沛
县，邀集故人饮酒。酒酣时刘邦击筑，歌唱。他在快乐当中，

想起过去自己怎样战胜了项羽，又想到以后要治理好国家，哪儿去找勇士帮他守卫呢？想到这里，十分感慨，情不自禁地唱起歌来："大风起兮云飞扬，威加海内兮归故乡，安得猛士兮守四方！"汉朝人称这篇歌辞为《三侯之章》，后人题为《大风歌》。

幸　福

关于幸福
我收到过许多承诺
也收到许多失望
我有很多感受
也有很多幻想

我在阳光下寻找幸福
寻找幸福的城市
寻找幸福的村庄
在寻找幸福的路上
我邂逅辍学的孩童
听民工讨薪时的骂娘

如今，幸福的流云
被暴雨后的大火烧红
幸福的花蕾
被无情的冰雪打伤

我对幸福已失去期待
因为，幸福距离我们

还有很长的初级阶段
但我面对幸福的假想敌
只能口念咒语
灵魂出壳到处迷茫

我不想为幸福呐喊
紧咬着的唇
渗出殷红的血
滴在海棠的花瓣上

非诚勿扰

　　正当江苏电视台相亲节目《非诚勿扰》强势热播、一路走红、纷纷攘攘之时，冯小刚执导的电影《非诚勿扰2》又隆重推出。著名演员葛优、舒淇和孙红雷等的精彩表演，顿时使"非诚勿扰"成了热门话题。

诚与非诚
是上帝的承诺
扰与勿扰
是人间的烦恼
我们带着诚意
来到这个世界
但我们又总是被
非诚打扰
显得万般无奈

其实爱与不爱
之间还有很大的开阔地
情感是一个神秘复杂的世界
挑剔、自私，包容和慷慨
无论浅尝辄止，还是死去活来
无论将错就错，还是几度花开
都是生活需要
都是上帝安排

跟着我，往前走
你的手牵着我的手
走向花之海
怀着诚意怀着爱
走向生活
活着就是幸福
有爱就有精彩

三

暗香疏影

AN XIANG SHU YING

忆江南·感怀

春风畅
马蹄踏花香
江湖杏雨衣衫湿
铜壶煮酒达三江
难得少年狂

秋风起
雁阵几回头

菊花时节述旧事
浪花淘尽几多愁
往事莫勾留

北风吹
冷月照寒梅
曾是尽情舞飞雪
不访桃李映年晖
天远听春雷

七律·纪念真理
标准大讨论

　　1979 年一场关于真理标准的大讨论在神州大地掀起。一时思想理论界百花齐放、万马奔腾。正是这场思想解放运动，为结束"文革"、拨乱反正、开启改革开放的历史进程奠定了理论基础。如今 30 年过去了，关于真理标准的问题已经很清楚了，但有时又似乎还是不很清晰。

> 革故鼎新无因由，
> 书生持剑欲封侯。
> 激浊扬清诉往事，
> 蔚霞蒸云绘新图。
> 沧桑美玉心易瑕，
> 翻腾顽石志难酬。
> 隔岸轻舟浪里过，
> 无边风月十三楼。

注释

［无边风月十三楼］十三楼是宋代杭州名胜，邻近西湖的 **101**

一个景点。苏轼《南柯子·赏游》:"山与歌眉敛,波同醉眼愁。游人都上十三楼。"清·宗元鼎:"廿四桥头添社酒,十三楼下说诗名,曾随画舫无限柳,再到纱窗只旧莺。"

　　著名的科幻片《十三楼》,影片以凶杀故事为载体,探讨现实世界和虚拟世界的关系,这也是一个哲学问题。影片一开始就引用大哲学家笛卡尔的名言"我思故我在"开头,预告影片中的十三楼即使不存在你也可以去。

七绝·桃花雪

一

京城三月桃花雪，
雪花桃花飞蝴蝶。
人面更比桃花红，
桃花偏爱雪花白。

二

雪花烟花相映明，
纷纷散散彩灯昏。
后海人家灯火绿，
听月吧里听歌声。

注释

[后海] 北京地名。是什刹海的三个（西海、后海、前海）组成部分之一。属人工湖，始建于元代。其后多有变迁。三海水道相通碧波荡漾，岸边垂柳毵毵，远山秀色如黛，风光

绮丽，为燕京胜景之一。大约自清代起，已成为游乐消夏之所。

　　[听月吧]北京后海的一间音乐酒吧。

七律·为了纪念的纪念

　　近几年关于鲁迅的讨论逐渐多起来了，各种声音都有，与过去一边倒的赞美不同，这是一种好现象。最近鲁迅作品有些从中学课本中撤出来，又引起一番议论。想起自己读中学时课文里鲁迅作品很多，散文有《药》、《社戏》、《论"费尔泼赖"应该缓行》等，诗歌有《自题小像》、《无题》等，其中为纪念"左联"五烈士的《为了忘却的纪念》印象很深，步其韵作之。

又是冬尽到春时，
残雪消融雨有丝。
革故已成流行曲，
创新翻作时代旗。
三十年华酣作梦，
八千里路苦吟诗。
长风直荡冷面月，
天池绿水洗缁衣。

注释

[缁衣] 黑色衣服。

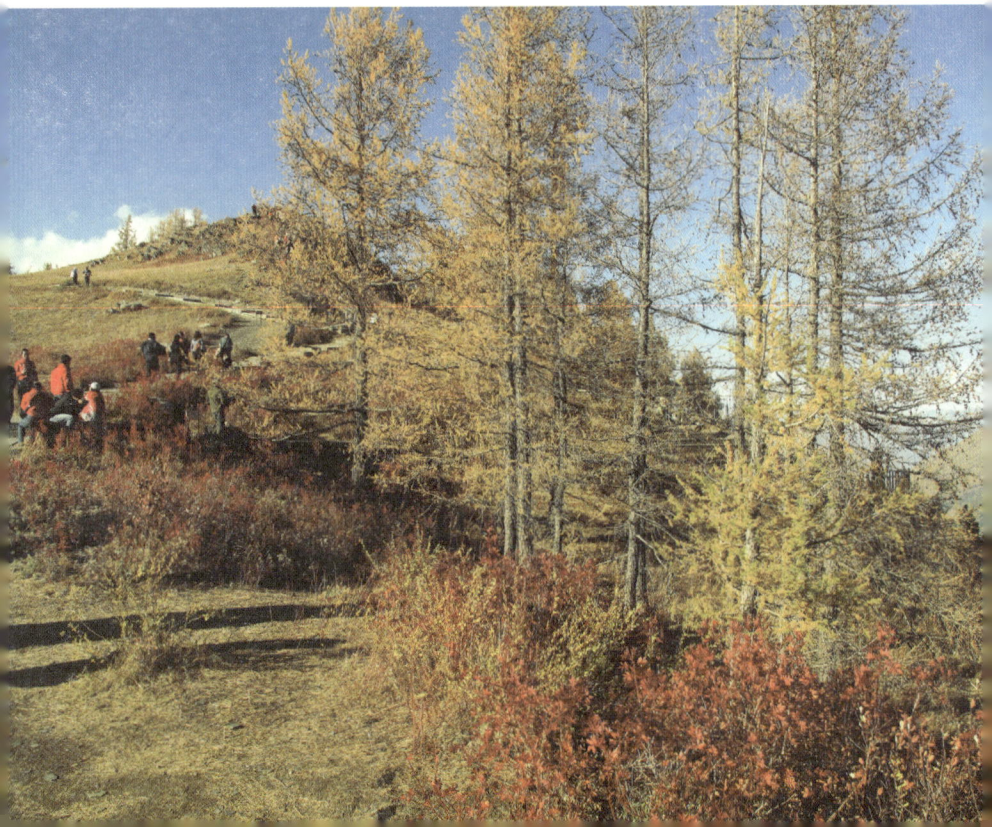

附：《为了忘却的纪念》

鲁迅

惯于长夜过春时，

挈妇将雏鬓有丝。

梦里依稀慈母泪，

城头变幻大王旗。

忍看朋辈成新鬼，

怒向刀丛觅小诗。

吟罢低眉无写处，

月光如水照缁衣。

七绝·乘武广高铁返广州

黄鹤一醉洞庭秋，
鹅潭帆影出日头。
湘水已从珠水绿，
浏阳河唱镇海楼。

注释

[黄鹤一醉洞庭秋] 黄鹤楼是武汉市的标志性建筑，江南三大名楼之一，始建于三国时期，现楼为 1981 年重建。唐代诗人崔颢一首"昔人已乘黄鹤去，此地空余黄鹤楼。黄鹤一去不复返，白云千载空悠悠"的千古绝唱，使得黄鹤楼名声大噪。

[鹅潭帆影] 广州风景名胜。环绕沙面岛的珠江河面称白鹅潭，此处是珠江三段河道的交汇处，上承西江、北江之水，河面宽阔浩淼，烟波荡漾，风景秀丽宜人。

[镇海楼] 又名"望海楼"，坐落在广州越秀山上。先后以"镇海层楼"、"越秀远眺"列为清代和现代的羊城八景之一。以楼两侧对联"千万劫，危楼尚存，问谁摘斗摩霄，目空今古。五百年，故侯安在，使我倚栏看剑，泪洒英雄"为代表，数百年来，有关镇海楼的名人诗作甚是丰富，教人叹为观止。

七绝·梅雨

春残梅熟两苍茫，
青草勃发满池塘。
何时藕花照月色，
再敲棋子话家常。

注释

[藕花照月色] 藕花月色是文人笔下经常描写的美好景色。著名的有朱自清的散文《荷塘月色》，南宋·李清照《如梦令》："兴尽晚回舟，误入藕花深处。"

[再敲棋子] 南宋·赵师秀《约客》："黄梅时节家家雨，青草池塘处处蛙。有约不来过夜半，闲敲棋子落灯花。"

七绝·无题

长夜如磐立高楼，
芭蕉结子已深秋。
榕泣珠江清浊泪，
风门竹动摇高丘。

注释

[长夜如磐]意指漫漫长夜，如同磐石一般，常和风雨如晦连用。鲁迅《自题小像》诗："灵台无计逃神矢，风雨如磐暗故园。寄意寒星荃不察，我以我血荐轩辕。"

[芭蕉结子]唐·李商隐《代赠》："楼上黄昏欲望休，玉梯横绝月如钩。芭蕉不展丁香结，同向春风各自愁。"

七绝·星月奇观

　　2010 年 5 月 16 日晚（庚寅年四月初三）流花湖畔散步，不经意间抬头，一弯新月挂在雨后的天空，有一股莫名的美感袭上心头。第二天看新闻才知道昨晚出现"月掩金星"天象奇观。这种天象近二十年才有一次。

月隐金星天色稀，
珠联璧合亦堪奇。
白云送帆归碧海，
流花湖水紫衫衣。

 注释

　　[流花湖] 在广州市人民北路的人工湖。湖面与轻巧通透的岭南建筑物相互配合，形成具有强烈南亚热带特色的自然风光。
　　[白云送帆归碧海] 李白《哭晁卿衡》："明月不归沉碧海，白云愁色满苍梧。"

七律·西递村

溪山溪雨绕溪村，
一水西递白露风。
马头高耸瞻晚道，
雕窗低落听晨钟。
竹解心虚共进学，
山由篑进各兼程。
云山遥隔故园梦，
家祠照眼切殷殷。

注释

[西递村] 西递是安徽省南部黟县的一个村庄，2000年11月与同在黟县的宏村共同列入世界文化遗产名录。

[马头高耸] 马头即马头墙，亦称"叠落山墙"，是中国传统建筑中双坡屋顶的山墙形式之一。这种风格，在徽州明清建筑中尤为突出。

[竹解心虚　山由篑进] 徽州歙县竹山书院楹联"竹解心虚，学然后知不足；山由篑进，为则必要其成"，意指竹子可

让人学会谦虚，学习然后知道自己的不足之处。山也是由土一点点积累而成，做就要能做成功。篑，装土的竹编容器。

　　[家祠] 指家族的祖庙、宗祠。

五绝 · 无题

秋风生落叶，
珠水艳阳波。
高蹈神采曲，
总是快乐歌。

注释

[高蹈] 有远游、隐居和喜悦多种意思。南朝梁刘勰《文心雕龙·知音》:"慷慨者逆声而击节，酝籍者见密而高蹈。"

满庭芳·三七人生

——读《人文中医》有感

　　中医药是中华文明的瑰宝。几千年来，中医中药在防治人类疾病和重大疫病中发挥了重要作用。近年来广东提出中医药强省。用中医中药化解老百姓看病就医问题。广东有着良好的发展中医药事业的基础，老百姓信中医到了崇拜和"迷恋"的程度。2006 年广东省有关部门组织编写了一套《通俗中医药丛书》，对普及中医药知识发挥了良好的作用。《人文中医》是这套丛书中的一本。

暗点沉香，
柴胡飞扬，
一帘幽梦深长。
天南星朗，
银河看槟榔。
桂枝柏影互映，
秋风起，
从容收妆。
连翘首，
钩藤绕月，
豆蔻怎消花黄。

年少远志时，
春风泽兰，
意满常山。
如今苦参嗟，
三七人生。
菊花满地，
已是乌头白，
消半夏，
当归否？
何时熟地还。

　　[三七][人生] 三七、人生（参）分别是二味中药，人们通常把自己的总结分为三七开，即三分错误、七分成绩或三分失败、七分成功。这里以"三七人生"为题有人生几何的意思。这首《满庭芳》词一连用了22个中药名。

　　[沉香] 纳气平喘、温中行气中药。

　　[柴胡] 解表退热、疏肝解郁中药。

　　[天南星] 化痰散淤、止痉止痛中药。

　　[槟榔] 驱虫消疟中药。

　　[桂枝] 发汗、温经、散寒中药。

　　[苁蓉（从容）] 补肾壮阳、润肠中药。

　　[连翘] 清热解毒、消肿散结中药。

　　[钩藤] 清热平肝、熄风定惊中药。

　　[豆蔻] 行气、化湿、和胃中药。

　　[远志] 安神、化痰中药。

　　[泽兰] 活血祛淤中药。

　　[常山] 祛痰、截疟中药。

　　[苦参] 清热燥湿、杀虫中药。

　　[三七] 止血、消肿、定痛中药。

　　[人生（参）] 补气中药。

　　[菊花] 疏风清热、平肝明目中药。

　　[乌头] 祛风除湿、温经止痛中药。

　　[半夏] 燥湿化痰、和胃止呕中药。

　　[当归] 补血活血中药。

　　[熟地] 补肾益精中药。

116

七绝·观亚运会开幕式

江入虎门意气豪，
风云际会小蛮腰。
十万烟花南天里，
海心沙上落雨谣。

注释

［亚运开幕式］第十六届亚运会开幕式于 2010 年 11 月 12 日晚在广州海心沙举行。开幕演出"以城市为背景，以珠江为舞台，以水为主题"，深受好评。

［虎门］珠江主要出海口之一。在广东省南部、珠江三角洲东南侧，属东莞。

［海心沙］珠江中一个小岛屿，亚运会开幕式的举办场所。

［落雨谣］即《落雨大》，岭南民谣。亚运会开幕式上播唱的歌曲之一。

附：《落雨大》

落雨大/水浸街/担柴上街卖/着花鞋/落雨大/水浸街/担柴上街卖/着花鞋/落雨大/嘿……水浸街/嘿……阿哥担柴上街卖/嘿……阿嫂出街着花鞋/落雨大/水浸街/阿哥担柴上街卖/阿

117

嫂出街着花鞋/着花鞋/花鞋花袜花腰带呢/珍珠蝴蝶两边排/花鞋花袜花腰带呢/珍珠蝴蝶两边排/花鞋花袜花腰带呢/珍珠蝴蝶两边排/花鞋花袜花腰带呢/珍珠蝴蝶两边排呀/两边排/两边排/落雨大/嘿……水浸街/嘿……阿哥担柴上街卖/嘿……阿嫂出街着花鞋/落雨大/嘿……水浸街/嘿……阿哥担柴上街卖/嘿……阿嫂出街着花鞋/落雨大/水浸街/担柴上街卖/着花鞋/落雨大/水浸街/担柴上街卖/着花鞋/落雨大/嘿…阿哥担柴上街卖/落雨大/嘿……珍珠蝴蝶两边排/落雨大/嘿……阿哥担柴上街卖/落雨大/嘿……珍珠蝴蝶两边排

七绝·甲流

腊月西风腊月天，
梅花甲流又一年。
最恐枝头伤心色，
春寒狂柳舞翩跹。

注释

〔甲流〕即甲型 H1N1 流感，早期被称为猪流感，为急性
呼吸道传染病。

七绝·桃花

桃花春水又一年，
娟娟月色奈何天。
东风再绿武陵谷，
双桃红晚树三千。

注释

[奈何天] 明汤显祖《牡丹亭·惊梦》："良辰美景奈何天，赏心乐事谁家院。"

[双桃红晚树三千] 清·袁枚《题桃树》："二月春归风雨天，碧桃花下感流年。残红尚有三千树，不及初开一朵鲜。"唐·韩愈《题百叶桃花》："百叶双桃晚更红，窥窗映竹见珍珑。应知吏侍归天上，故伴仙郎宿禁中。"

贺新郎·夜读

由于工作关系和个人爱好的原因，长期形成了夜读的习惯，夜读并不限于自己的专业，范围较杂以文史哲居多。近来读了几篇（本）关于西方马克思主义和生态学方面的文章，并重读《资本论》，很受启发。其中《马克思主义的生态哲学》，《生态马克思主义概论》和《生态学》等，读后感触良多……

夜读《资本论》，
逾天命、创世伟业，
功绩何成。
亿万农工三千里，
背井离乡进城。
问何物令公忧愁？
我见青山多磨难，
料青山，
见我也伤心。
山憔悴，
我沉吟。

人间翻复又一轮，
千帆竞已过东欧，

树静风平。
左岸风波吹芦笛，
难识妙理无穷。
今回首、云淡风轻。
既恨青山恨流水，
恨青山不绿流水浑。
阳春曲，
无知音。

 注释

[逾天命] 天命指50岁。《论语·为政二》："吾十有五而志于学，三十而立，四十而不惑，五十而知天命，六十而耳顺，七十而从心所欲，不逾矩。"

[我见青山多磨难，料青山见我也伤心] 辛弃疾《贺新郎》："我见青山多妩媚，料青山、见我应如是。"

[左岸] 巴黎塞纳河以南区域，主要建筑有三所大学（巴黎大学文学院、法兰西大学、法兰西学院），以及文化、出版、书店、剧场、美术馆等文化设施较多，是知识分子、文化精英聚集的文化社区。"左岸"也常被用作一种文化关怀和文化自由的象征和遗产。左岸与右岸不同，右岸主要是王官府邸、商业大街组成的权力和经济区域。人们常戏称"右岸用钱，左岸用脑"。左岸也是充满浪漫与怀旧的所在。当你不经意走进左岸一家咖啡馆，也许一不留神就坐在海明威曾坐过的椅子上，或萨特曾写作过的灯下，或毕加索发过呆的窗口边。

七绝·南湖

晨起依窗看云渚，
落叶随溪入南湖。
闲茗敲盘问扣扣，
细雨飞花入梦无。

注释

[扣扣] QQ 网上聊天的工具。

[细雨飞花入梦无] 宋·秦观《浣溪沙》："自在飞花轻似梦，无边丝雨细如愁，宝帘闲挂小银钩。"

临江仙·秋思

金水桥畔钓鱼翁，
皆是持钩豪英。
直钩落处暗雷声，
收起竿归去，
学做种田人。

十载种瓜幸自乐，
今朝收豆堪惊。
踏遍青山抚黄昏，
举目西天外，
何处取真经。

注释

[直钩] 传说是商朝末期姜太公于渭河边用直的鱼钩钓鱼，钩上没有鱼饵，离水面三尺，一面钓鱼一面自言自语："宁向直中取，不向曲中求。愿者上钩，不愿者去罢。"周文王路过甚感奇怪，下车与其交谈，发现其学识渊博，拜他为相。

七绝 · 杭州

东风一缕到杭州，
天外青山楼外楼。
西溪弱水三千尺，
欲问蠡公留不留？

注释

[西溪] 西溪湿地国家公园，位于杭州市西郊，距西湖约5公里，西溪湿地兼具丰富的生态资源，自然景观和人文积淀，与西湖、西泠并称杭州"三西"。西溪之胜在于水。

[弱水三千] 古文学中用弱水来泛指遥远的河流，如苏轼的《金山妙高台》"蓬莱不可到，弱水三万里"。《红楼梦》将弱水引申为爱情之水。贾宝玉对林黛玉说："任凭弱水三千，我只取一瓢饮。"后成为男女之间信誓旦旦的爱情表白。

[蠡公] 范蠡，春秋时期著名的政治家、军事家，经历丰富，足智多谋。帮助越王勾践复仇成功，称霸一方。正值事业巅峰之时，他却退出政治江湖，归隐山林。范蠡与西施的爱情故事在民间广为流传。

减字木兰花·感悟秋风

三秋银杏，
勤理菩提心事送。
再邀明月，
暗香疏影飞蝴蝶。
一枕梦回，
荷锄溪畔学种梅。
待到春来，
约好幽兰一处栽。

注释

[菩提] 是梵文 bodhi 的音译，意思是觉悟、智慧，用以指人忽如睡醒，豁然开悟，突入彻悟途径，顿悟真理，达到超凡脱俗的境界等。有关菩提佛偈典故，较著名的有佛教禅宗第五祖弘忍大师的两个徒弟所作的偈子（有禅意的诗），禅宗的北宗祖师神秀大师："身是菩提树，心为明镜台。时时勤拂拭，勿使惹尘埃。"南宗祖师慧能禅师："菩提本无树，明镜亦非台，本来无一物，何处惹尘埃。"

四

远志当归（对联）

YUAN ZHI DANG GUI

杞人忧天

　　水污染　　天污染　　水天已无一色　　痛饮离骚三
千斗
　　风朦胧　　月朦胧　　风月岂能无边　　狂吊粤海一
万篇

注释

　　[水天已无一色　　风月岂能无边]"水天一色，风月无边"
是岳阳楼最为著名的对联，为李白所撰，描写岳阳楼和洞庭湖
的景色。与该联同样闻名天下的是范仲淹的《岳阳楼记》。
　　[痛饮离骚]《离骚》是屈原的作品，以悲愤著名。清·
李渔《榜后柬同时下第者》："酒少更宜赊痛饮，愤多姑缓读
《离骚》。"金·蔡松年《念奴娇》："离骚痛饮，问人生佳处，
能消何物。"
　　[斗]古时装酒的容器。成语"斗酒百篇"，指饮一斗酒
作百篇诗，形容才思敏捷。杜甫《饮中八仙歌》："李白斗酒
诗百篇，长安市上酒家眠。"
　　[风朦胧　　月朦胧]朱自清的散文代表作之一《月朦胧，
鸟朦胧，帘卷海棠红》情景交融，充满了诗情画意。《月朦

胧，鸟朦胧》是琼瑶的长篇爱情小说，改编为同名电影，其爱情故事非常感人。此处不指风月美景，而是指空气污染导致的阴霾天气。

观电影《赤壁》怀古

铜雀春深　可怜舞榭歌台　赤壁火烧英雄梦
大江东去　犹听拍岸惊涛　黄沙月照美人心

注释

[铜雀春深] 铜雀台在河北临漳县境内（古称邺城），建于春秋齐桓公时，三国时期曹操打败袁绍后扩建。曹操父子经常在台上吟诗作赋，铜雀台与建安文学的兴起有很大关系。曹植作《铜雀台赋》，为汉赋的经典作品，文词华美。后人根据曹氏父子与美女甄洛的关系演绎了许多爱情故事。

[赤壁火烧英雄梦] 相传曹操平生有一愿望，要将东吴美女大乔、小乔掳来，置于铜雀台上饮宴欢歌，以娱晚年。后因赤壁战败，愿望落空。著名的关于铜雀台的怀古讽刺诗有杜牧的《赤壁》："折戟沉沙铁未销，自将磨洗认前朝。东风不与周郎便，铜雀春深锁二乔。"诗中描写一支沉在水中沙底的铁戟，设想如果不是当年那场强劲的东风帮助周瑜实行火攻，打败曹军，东吴的美女大乔和小乔（分别是孙策和周瑜的妻子）就会被曹操掳去，关在铜雀台寻欢作乐了。

[大江东去　犹听拍岸惊涛] 宋·苏轼《念奴娇·赤壁怀古》："大江东去，浪淘尽，千古风流人物。"说的就是周瑜、

133

曹操、孔明一班风流人物驰骋沙场、指点江山的故事。

[月照美人心] 电影《赤壁》中有林志玲饰小乔江畔月夜抚琴，心忧周瑜战事的优美画面。

饮　茶

香出清新　茶禅一味　茶性即人性
神依淡雅　道儒二宗　道行亦德行

注释

［茶禅一味］"茶即禅"——品茶如参禅。饮茶能清心寡欲，养气颐神，故有"茶中带禅，茶禅一味"之说。

［道儒二宗］中国宗教有儒道佛三教，其中儒道（家）二教是本土宗教，佛教是外来宗教。

［道行亦德行］道行指修道功夫的深浅，德行指品德的高低。此处指道的功夫决定于品德的高低。

游南京和扬州

六朝烟雨　五代箫声　访秦淮人家已是平常百姓
二分明月　数点梅花　忆旧桥往事犹作过眼云霞

注释

[六朝烟雨] 南京是中国六大古都之一。公元三世纪以来，先后有六个朝代东吴、东晋和南朝的宋齐梁陈的首都。唐杜牧诗："南朝四百八十寺，多少楼台烟雨中。"

[五代箫声] 五代十国：唐灭亡之后在中原地区相继出现了梁、后唐、后晋、后汉、后周五个朝代及割据于西蜀、江南、岭南等地的政权。

[秦淮人家] 秦淮河：南京的著名景点，以秦淮灯会、秦淮酒家、妓院而闻名。历代文人有许多描写秦淮的诗文，其中著名的有杜牧的《泊秦淮》："烟笼寒水月笼沙，夜泊秦淮近酒家。商女不知亡国恨，隔江犹唱后庭花。"

[平常百姓] 唐·刘禹锡《金陵怀古》："朱雀桥边野草花，乌衣巷口夕阳斜。旧时王谢堂前燕，飞入寻常百姓家。"诗人通过对夕阳、野草、燕子易主的描述，深刻地表现了今昔沧桑变化，渲染着一种惨淡忧伤的氛围。

[二分明月　数点梅花] 唐·徐凝《忆扬州》："天下三分

明月夜，二分无赖是扬州。"描写扬州月光占尽天下月色的三分之二。扬州史可法衣冠冢前对联："数点梅花亡国泪，二分明月故臣心。"

［旧桥往事］旧桥指二十四桥。唐杜牧《寄扬州韩绰判官》："青山隐隐水迢迢，秋尽江南草木凋。二十四桥明月夜，玉人何处教吹箫。"

游孙中山故居

大道之行　行义必有天助
天下为公　公道自在人心

注释

[大道之行　天下为公]"大道之行也，天下为公"，语出《礼记·礼运篇》儒家经典。大道：古代指政治上的最高理想。"天下为公"：因孙中山推崇并手书横幅而为广大国人所熟悉。

[公道自在人心]俗语"是非自有公论，公道自在人心"。

感世道人心

人走茶凉　尽管气候逐年变暖
客来心热　无奈世风已是入夏

［人走茶凉］成语表明世态炎凉，人情淡薄。

［气候逐渐变暖］环境学常用语。由于大气层 CO_2 的增多，臭氧层遭破坏，太阳辐射增加，使地球的平均温度升高，地球温度升高会引起一系列的环境问题，如冰川融化、海平面升高等等。

［世风已是入夏］世风日下的谐音，指社会风气一天不如一天，出自清·秋瑾《致秋誉章书》："我国世风日下，亲戚尚如此，况友乎？"

武侯祠

三分定国　吴江风来　师出英才千秋史
五丈点灯　祁山夕照　开济良臣万世心

注释

[武侯祠] 后人为纪念三国时期著名军事家、政治家诸葛亮而修的祠庙，全国有多处，较著名的有成都的武侯祠和湖北襄樊古隆中的武侯祠。

[三分定国　吴江风来] 三分定国即三分天下，指诸葛亮隆中对为刘备提出联吴抗曹三分天下的战略规划。吴江风来指诸葛亮借东风协助周瑜火烧赤壁，大败曹军，奠定三分天下的基础，留下千秋英名。

[五丈点灯　祁山夕照] 诸葛亮为恢复汉室，六出祁山北伐曹魏，但壮志未酬，终以失败告终，病死在五丈原。其百折不挠的精神为人民所敬仰。

[开济良臣] 杜甫《蜀相》："三顾频繁天下计，两朝开济老臣心。出师未捷身先死，长使英雄泪满襟。"上述诗句成为后世人们讲述诸葛亮一生的名句。

题深圳市九三学社
成立二十周年

鹏程万里丹山路
廿年风雨一路歌

注释

〔鹏程〕谐音鹏城。深圳市又名鹏城。在深圳市东南的南澳镇有一古城门，类似北京德胜门。当地居民将城门及其周边的古旧建筑称为王母，又叫大鹏，这座城市就叫大鹏，"鹏城"由此得名。

〔丹山路〕唐·李商隐："桐花万里丹山路，雏凤清于老凤声。"

142

秋　韵

一天风露　　落残枫叶　　霜枝傲骨老秋色
万点愁心　　开尽菊花　　书窗灯影雨寒声

 **注释**

　　[一天风露　万点愁心]南宋·蔡伸《浣溪纱》:"千里江山新梦后,一天风露小庭深。"又黄庚《临平泊舟》:"万顷波光摇月碎,一天风露藕花香。"

　　[霜枝傲骨老秋色]宋·苏轼《赠刘景文》:"荷尽已无擎雨盖,菊残犹有傲霜枝。"

　　[开尽菊花]宋·苏轼《赠岭上梅》:"梅花开尽百花开,过尽行人君不来。"唐·黄巢《菊花》:"待到秋来九月八,我花开后百花杀。"

为女医师协会联谊题

修合无人见，客子光阴诗卷里
存心有天知，杏花消息雨声中

 注释

[修合无人见　存心有天知]出自北京同仁堂的对联，意指在制药时你的行为虽没有人见到，但冥冥中上天是会知晓的。现已成为医药行业内的一句箴言。

[客子光阴诗卷里　杏花消息雨声中]宋·陈与义诗《怀天经智老因访之》："今年二月冻初融，睡起苕溪绿向东。客子光阴诗卷里，杏花消息雨声中。西庵禅伯还多病，北栅儒先只固穷。忽忆轻舟寻二子，纶巾鹤氅试春风。"

144

远志当归 （中药联）

远志蓄志　千里送使君　子曰川上
当归即归　万众别丛蓉　逝者如斯

注释

［远志　当归　使君子　丛蓉］四味中药名。

［子曰川上　逝者如斯］《论语·子罕篇》："子在川上曰，逝者如斯夫，不舍昼夜。"孔子站在河边感叹时间像流水一样不停地流逝，感慨人生世事变化之快，有惜时之意。

诗　心

驿外梅花　诗心随笔　飞雪迎春到
天涯芳草　曲眼流星　风雨抱年归

注释

[驿外梅花] 陆游《卜算子·咏梅》：驿外断桥边，寂寞开无主。已是黄昏独自愁，更著风和雨。驿，古时候供信使休息的地方。

[飞雪迎春到] 毛泽东《卜算子·咏梅》：风雨送春归，飞雪迎春到。已是悬涯百丈冰，犹有花枝俏。

[曲眼] 音乐歌曲的精彩之处。

[风雨抱年归] 一年在风调雨顺中度过。

读《多雪的春天》

叶延滨

　　《多雪的春天》是诗人朋友推荐给我的一部书稿。之前，作者姚志彬先生出版过诗集《黄梅雨》，据说还上了广州书市畅销书排行榜。

　　志彬先生在大学执教多年。业余写诗是他一贯的爱好，新体诗、旧体诗都涉及，题材广泛，笔底下有山河浩气，也有草根群像；有人文关怀，也有抨击时弊。总而言之，在这部即将付梓的诗集里，能体察到在世俗生活中取得一定成就的诗人，依然有着文人风骨，诗人情怀，他的精神世界有另一番精彩。

　　他的诗，不是那种附庸风雅、应景即兴之作，不少作品有深度，有新意，凸现出自己的个性。如《春天》这首诗，就很特别：

　　　　　　一个充满童话的春天
　　　　　　春天像一条蛇
　　　　　　它鲜红的信子张扬着
　　　　　　把毒汁洒向人间。

　　　　　　罂粟花在阳光下生长
　　　　　　毒蛇为它祛风杀虫

147

当雨水把毒汁淋洒到土地
浇灌后的花朵更为鲜艳。

蛇在花丛中游走
忘记了那北风中的冬眠
到了罂粟收获的季节
西风已不再遥远。

不难看出，这首小诗的立意并非是在赞美春天，而是隐示春天的另一面，繁花似锦、草长莺飞之外，还有蛇虫行走、毒草生长和人性贪婪等自然和社会问题。请注意诗中的几个关键词："童话"、"毒蛇"、"罂粟花"，这三者之间，确有点风马牛不相及，但细想，又不能完全说没有关系。

充满童话的春天，原本是个美好圣洁的世界，但这个春天却是"一条蛇"，亮着鲜红的信子，进入生长在阳光下的罂粟花花丛里，且"把毒汁洒向人间"。而"毒汁"浇灌后的罂粟花，"花朵更为鲜艳"。从美学角度看，的确是幅景色不错的"春光图"，然而，这也许是潜伏在美丽后面的阴谋，是一个铺满鲜花的陷阱。这是在赞誉春天，还是警示春天呢？读者可以自己思考，或许还有其它的意蕴。

诗集里的另一首小诗《夜》，我以为是值得一读的，这首仅有十行的短诗里，意象叠出，内涵饱满，风格有点像上世纪八十年代初的朦胧诗："夜闭上了眼睛/世界是如此的深沉。//警察在寻找路标/方向不甚分明。//行人在寻找烟蒂/身影有点朦胧。//小偷在观察风景/月光格外的冷静。//城市丢失了耳朵/我的话说给谁听。"诗中的五组镜头，连接起来倒是像一部蒙太奇式的短片。深沉的夜色下，警察在寻找路标，行人在寻找烟蒂，小偷在观察风景。究竟作者在这首诗里想表达些什么？并没有明确的交代，朦胧中似乎隐约着这个世界的杂乱与不和谐。

关注当下，让诗歌切入生活，是诗人义不容辞的一种责任。在志彬先生的诗歌中，反映现实主题的作品，占了相当的分量。如《大雪》、《梦》、《怀念狼》、《富士康跳楼事件》等诗篇，都是这个范畴里面的作品。

"一场大雪压下来/埋葬了所有的污染、纷争和喝彩/讲述着一个纯洁的故事/带我们回到儿时记忆的雪白世界。""据说这是五十年来最大的一场雪/好像是给世界气候大会一个'交代'/或许这只是《后天》的回光返照/待南极的冰川消融后人类已没有未来。"（《大雪：2010》）这些诗句里，作者对工业时代给生态环境带来的破坏充满着忧思。面对雪日渐稀少的冬日，一场意外的大雪让作者欣喜更怀抱绝望："这也是一场高价而珍藏版的雪/让我们搬出所有的容器收藏吧。"但收藏下来的仅是一段美好的记忆，那片让人类视为神圣的雪峰冰川，在日益恶化的大气层里，终归是要崩坍消失的。我不敢想象当雪成为拍卖场上的"古董"或"艺术品"时，人类赖以生存的自然环境和精神家园将情何以堪，景何以堪？

再来读《梦》这首诗："不知从什么时候起/梦已变得稀有/这是这个时代的特征/梦的次数在减少/内容也逐渐贫瘠。"试想，这是一种怎样的生活，连做梦都成了"奢侈品"，而且梦的内容也贫瘠得像"水土流失后的关中土地"。诗人原本是带着童话般的生活入梦的：无边的原野，翠绿的麦苗，金黄的油菜花，走在田埂上身着红衣的丫丫。多美的一幅乡村图景，当作者欲提起相机将眼前的画面拍下来时，却发现蜘蛛网般紊乱的高压线破坏了视野，好不容易飞来一双久违的燕子，镜头拉近一看，竟是两只巨大的丑陋无比的苍蝇。尽管是一个扑朔

149

迷离的梦，最终也难以逃避现实的侵袭和污染。

作为成熟的诗人，作品考虑的首先不是形式，而是内涵，像《达尔文》这首仅有五行的短诗，它放到读者的面前，并不轻，而是沉甸甸的：

> 抛出一道闪电
> 把历史拉开一个大口子
> 上帝和我们分在两边
> 上帝走快车道
> 我们走人行线……

读这首诗时，你必须搞清楚达尔文是谁？达尔文是十九世纪英国著名生物学家，进化论的创始人。他提出了生物进化学说，对人类学、心理学、哲学等科学的发展产生过巨大的影响，恩格斯称进化论为十九世纪自然科学领域的三大发明之一。由此你会明白，达尔文是个十分了不得的生物学家，对世界有着卓越的贡献。

接下来去赏析《达尔文》这首诗。开句落笔果断，大刀阔斧，气势磅礴。一道从高空甩下的闪电，把世人从梦中惊醒，重新认识历史，接受达尔文的生物进化论学说。当然，达尔文非常人可比，达尔文不是上帝但他读懂了上帝，达尔文学说的伟大之处，在于他彻底推翻了"神创论"和"物种不变论"的思想，驱走了科学史和思想史上空的最后一片乌云，启引人类从宗教的迷雾中走出。从此，在历史进程中，上帝的车道与人类的车道相互平行，互不干扰，甚至相互指引和照明。

这样去理解《达尔文》，也许只是望文生义，但一首可读之诗，总是让读者去琢磨，就像河边的淘金者，穷其一生去追求他所需的那部分，尽管有时劳而无获，但享受的是过程。

　　阅读这本诗集是一次愉快的精神之旅，仿佛在飞雪穿树的早春，坐着雪橇，驰骋在原野、河川和山梁，去迎接雪后初晴的阳光。我们深深地感受到一个诗人高贵而富于关爱的心，我们也期望读到诗人更多更好的新作。

2011 年 11 月于北京

跋

　　《黄梅雨》出版后得到许多同事和朋友的鼓励，认为在当下物质丰盈、人心荒芜的年代应多一些内心的梳理和耕耘，读诗写诗不失为抚慰心灵的一件很有意义的事。我认同这一观点，于是着手整理近两年的个人诗作，从3月开始，时断时续，整理完毕已是立冬时节，正好由春入冬，又是一度草木春秋。

　　10月中旬，北方下了今年冬季的第一场雪。

　　10月6日，瑞典诗人特兰斯特勒默获本年度诺贝尔文学奖。获奖理由是他的诗通过凝炼透彻的意象为人们提供了通向现实的新途径。诗人对当下的生存和处境、政治与权力的关系等都有着深刻的洞察和睿智的分析。

　　近年来写诗和读诗的人愈来愈少，这是经济社会发展的必然，还是暂时现象呢？但是人类不能没有诗歌，生活不能没有诗歌。特氏的获奖无疑给诗坛注入了新的生命因子：

> 厌烦所有带来词的人，词并不是语言
> 我走向那白雪覆盖的岛屿。
> 荒野没有词
> 空白之页向四方展开！

我触到雪地里鹿蹄的痕迹
是语言而不是词

——《自 1979 年 3 月》

特氏是一位拥抱大自然的诗人。雨雪、草木和大海等自然现象是特氏诗歌中常有的意象。

2008 年以来，世界经济经历了百年未遇的严冬，至今仍在艰难而缓慢的复苏中，迟迟看不到早春的信息，欧债危机似乎预示着另一场风雪的来临……通货膨胀、房价上扬，年轻人就业困难，逃离北上广，温州民间债务缠绕，个体老板潜逃，这些都是烦心而不愉快的消息。但我们千万不能因这些烦心事，影响生命质量，植物还在生长，生活还要继续，让我们以特氏的开放心态拥抱宇宙、拥抱自然、拥抱生活。

国家不幸诗家幸，这几年在经济困厄和萧瑟的冷雨凄风中，诗歌的芦苇在慢慢地生长……

进入秋季各种诗歌活动多起来了。10 月 13 日，香港国际诗歌节闪亮登场。接着 10 月 15 日至 20 日，第三届中国诗歌节在海滨城市厦门举办，各地也在频繁举办自己的诗歌活动。然而，与那些盛大的招商活动或庆典仪式相比，诗歌节要显得冷清与寂寞许多。也许清冷和寂寞才是诗歌的本质，才是诗歌生长所需要的环境和氛围吧。热闹和繁华的雨水浇灌不出诗歌的蒿草。

我没有参加诗歌节，也很少在刊物发表诗。这本集子里，近三分之一的诗与雨或雪有关，说不清楚原因，肯定与创作动机无涉。不知道明年春天的天气如何，担心又是一个多雪的季节。

《多雪的春天》收集了我近年来的诗作 67 首，其中自由体 48 首，旧体 19 首，另有楹联 14 副，少数在报刊发表过。内容驳杂无系统性，只是工作之余，日常生活的一己之心得，甚至貌似离题的随想或感悟，自斟自饮式的心灵弹唱。至于楹联是我比较喜欢的一种艺术形式，据说在世界文学中为中文语言所特有，它有对称美（对仗工整）、音韵美（平仄相合，音调和谐）和节奏美等令人喜爱的特点。集子里所插照片也是近年出差或旅游时所拍的。

整理诗稿的过程是一次重温和凝炼的过程，也是一次重新感受自己的体温和触摸生命深处的过程。将整理好的诗稿发给编辑，心情是愉悦的，仿佛给自己的孩子整理好行装和书包，目送她们快乐地行走在上学的路上……

最后，感谢广东省出版集团的王桂科先生，感谢花城出版社的詹秀敏女士、余红梅女士为诗集出版所做的努力和给予的支持。特别感谢陈竺先生的序作和叶延滨先生的评论。

姚志彬

2011 年 12 月